Stephan Sigg
Anna-Katharina Stahl

Ab in die ZUKUNFT

camino.

Ein camino.-Buch aus der

Gesamtgestaltung: Anna-Katharina Stahl, Stuttgart
Druck und Bindung: Finidr s.r.o., Lípová 1965, 737 01 Český Těšín, Czech Republic
Verlag: Verlag Katholisches Bibelwerk GmbH, Silberburgstraße 121, 70176 Stuttgart

www.caminobuch.de
ISBN 978-3-96157-064-5

INHALT

Alle wissen, wo sie hinwollen? Alle haben ein Ziel? Aber bei dir ist es anders? Du bist noch ganz planlos und wenn du an deine Zukunft denkst, siehst du nur Fragezeichen? Dieses Buch hilft dir, deine Zukunft in den Griff zu bekommen: Du kannst dich, deine Talente, deine Träume kennenlernen. Worauf kommt es im Leben an?

Bevor man eine Rakete losschicken kann, muss man sich für eine Richtung entscheiden. Mach dich auf, ab in die Zukunft!

Ich wünsche dir viel Mut!

Stephan Sigg

MEINE TALENTE

WER BIST DU?

NAME: ....

Diese Wörter sage ich oft

MEIN LIEBLINGS-
KLEIDUNGSSTÜCK

BEI DIESEN SPEISEN
WERDE ICH SCHWACH

DIE FÜNF WICHTIGSTEN
DINGE in meinem Zimmer:

DIESE BÜCHE
GEFALLEN MI

DAS WAREN DIE SCHÖNSTEN MOMENTE IN MEINEM LEBEN:
Hier wohne ich
MEINE ELTERN
MEINE GESCHWISTER
HIER BIN ICH AUF DIE WELT GEKOMMEN
LME
DIESE MUSIK/BAND/SÄNGERIN MACHT MICH GLÜCKLICH ...
DAS BRINGT MICH ZUM WEINEN:

Viele Menschen sind ....

Viele Menschen haben ....

Viele Menschen glauben ....

Viele Menschen denken ....

Viele Menschen möchten ....

Viele Menschen sind ....
zu sehr wie alle anderen.

BIST DU EIN ORIGINAL?

Was macht dich besonders? Vervollständige die Sätze ...

ICH BIN ...

ICH KANN ...

ICH HABE ...

ICH GLAUBE ...

ICH TRÄUME ...

ICH MÖCHTE ...

Hörst DU ES?
... wie gut hörst du?

... HAST DU DEN RUF SCHON GEHÖRT?

Vielleicht sind es auch mehrere. Manche Menschen sagen, dass sie ihre „Berufung“ gefunden haben. Was heißt denn das?!

Be|ru|fung
meint das Hören auf eine innere Stimme, die einen zu einer bestimmten Lebensaufgabe, einer Beschäftigung oder einem Beruf drängt. Für viele ist diese Stimme die Stimme Gottes. In der Bibel sind viele Berufungsgeschichten zu finden: Menschen erhalten von Gott einen Auftrag, z. B. Moses, der die Israeliten aus der Gefangenschaft befreit. Im Wort „Berufung“ steckt das Wort „Beruf“. Vielen Menschen ist es heute wichtig, dass sie einen Beruf ausüben können, zu dem sie sich „berufen“ fühlen. Sie sind überzeugt, dass dieser Beruf für sie Sinn macht und sie genau dafür gemacht sind. Manche Menschen finden ihre Berufung im privaten Leben: z. B. in einem Hobby oder bei einem sozialen Engagement.

BESONDERE BERUFUNGSGESCHICHTEN-MEMORY

Welche Personen und Berufungsgeschichten gehören zusammen?

Anna (54), lebt in Asien

Peter (43) liebt Pflanzen über alles

Maximilian (17) träumt von einer modernen Kirche

Für Natascha (32) soll die Beziehung zu Gott einen zentralen Platz im Leben haben.

Diane (21) hat ein großes Herz für Tiere

Er leitet ehrenamtlich eine Jugendgruppe.

Sie hat ein Hilfsprojekt für Frauen in Indien gegründet.

Sie engagiert sich in ihrer Freizeit in einem Tierheim.

Er hat mit 45 seinen Beruf gewechselt und arbeitet jetzt als Gärtner.

Sie zieht für ein paar Wochen in ein Kloster, um herauszufinden, ob diese Lebensform für sie die richtige ist.

MEINE PLÄNE/ZIELE

Wie siehst du die Zukunft?

SO SIEHT ES EIN SCHWARZ-SEHER/PESSIMIST:

SO SEHEN ES DIE FAULEN:

SO SEHEN ES DIE OPTIMISTEN/KREATIVEN:

SO SEHEN ES DIE FANTASIE-LOSEN/DIE UNKREATIVEN:

SO SEHEN ES DIE ERNSTEN/DIE VERPLANTEN:

UND WELCHES BILD HAST DU VON DER ZUKUNFT?

Liebe Zukunft ...

Hallo Zukunft, viele bekommen weiche Knie, wenn sie an dich denken:
Was kommt auf mich, auf uns zu? Wird alles besser? Wird alles schlechter? Oder bleibt alles gleich?
Viele lesen Horoskope, um etwas über sich herauszufinden:
Ich will wissen, was passiert! Ich will mich vorbereiten!
Und dann bist du doch ganz anders und kein Wahrsager hat dich in der Kristallkugel richtig erkannt ...
Viele lassen sich von den Medien in Panik versetzen:
Klimakatastrophe, Kriege, Arbeitslosigkeit!
Wie geht es dir dabei? Bestimmt würdest du dir wünschen, dass sich mehr auf dich freuen – dich als große Chance sehen und schon ganz ungeduldig auf dich warten.

Bitte umdrehen!

SCHREIB DEINE GEHEIMEN WÜNSCHE IN DIE FELDER.

?

Wünsche für mich ...

Wünsche für meine Familie ...

Wünsche für die Welt ...

Wünsche für meine Freunde ...

Schneide die Vorlage aus und kleb sie zusammen – die Wünsche sollten innen sein, damit sie auch wirklich geheim bleiben! Bewahre deine Wünschekiste auf und öffne sie in ein paar Jahren. Welche Wünsche sind in Erfüllung gegengen?

Was dein HANDY über dich verrät ...

Wem könnte dieses Handy gehören? Was erfährst du über diese Person – was interessiert sie, was ist ihr wichtig?

AUF WELCHE APPS KANNST DU NICHT VERZICHTEN?

Wie viele Apps sind auf deinem Smartphone installiert? Und welche davon nutzt du regelmäßig? Hast du dir schon mal überlegt, dass dein Handydisplay sehr viel über dich aussagt: Was würden andere über dich erfahren, wenn sie das Display mit deinen Apps sehen? Eine Person, für die Mode und Aussehen wichtig ist, hat Mode- und Styling-Apps installiert. Jemand, der sich für Geld und Investitionen interessiert, bei dem sind die E-Banking-App und die Aktienkurse-App ganz oft in Gebrauch. Und kommunikationsfreudige Menschen haben oft nicht nur eine Messenger-App, sondern gleich mehrere davon auf ihrem Handy in Verwendung. Und bist du auch einer, der auf gar keinen Fall von einem Regenschauer überrascht werden will? Manche wollen ganz genau wissen, wie das Wetter wird und checken mehrmals täglich die Wetter-Apps. Und welche Apps dürfen dir Push-Meldungen schicken? Das sagt sehr viel über einen Menschen, seine Interessen, seine Ängste ... aus.

WELCHE APPS BRAUCHST DU, UM DURCHS LEBEN ZU KOMMEN? ZEICHNE ALLE APPS, DIE FÜR DICH WICHTIG SIND, IN DAS DISPLAY. DU KANNST DICH VON DEN BEISPIELEN INSPIRIEREN LASSEN UND NATÜRLICH AUCH VIELE EIGENE ERFINDEN.

MUT-APP

GEBETS-APP

DIE SCHÖNSTEN MOMENTE FÜR IMMER SPEICHERN-APP

SPENDEN-APP

GUTE NACHRICHTEN

NACHBARSCHAFTS-HILFE

ICH TEILE MIT DIR, TEIL MIT MIR

WITZ DES TAGES

DOITYOURSELF-IDEEN

TRAUMBERUFE ...

WELCHE TRAUMBERUFE HABEN/HATTEN

DEINE GROẞELTERN?

DEINE ELTERN?

FRAG DEINE FAMILIE AUS
und schreib in die Wolken hinein!

DEINE FREUNDE?

DU?

Könntest du dir vorstellen, den gleichen Beruf zu wählen wie deine Großeltern oder Eltern? Warum ja, warum nicht?

Wohin mit meinen

singen

tanzen

lachen

nachdenken

rennen

vermitteln

gamen

fotografieren

zeichnen

quasseln

überreden

versöhnen

beobachten

belauschen

Du weißt nicht, was deine Talente sind? Frag Freunde, Eltern, Lehrer etc., was du richtig gut kannst.

Talenten?

WELCHE TALENTE HAST DU? UND WIE KÖNNEN ANDERE DAVON PROFITIEREN? VERBINDE TALENTE MIT EINSATZMÖGLICHKEITEN!

MIT DEN KINDERN IM QUARTIER SINGEN

ANDEREN TANZSTUNDEN GEBEN

ERNSTE MENSCHEN AUFHEITERN

FREUNDEN, DIE SICH VERKRACHT HABEN, HELFEN

JEMANDEM, DER ERST SEIT KURZEM GAMET, EIN PAAR TIPPS GEBEN

ANDERE VOR EINER GEFAHR WARNEN

SCHÖNE EREIGNISSE MIT DER KAMERA FESTHALTEN

EINER ZWEIFLERIN MUT MACHEN

BEI EINEM SPONSORENLAUF GELD SAMMELN

Viel zu große Fragen

MANCHE FRAGEN MUSS MAN EINFACH IN EINE SUCHMASCHINE EINGEBEN UND AUF EINEN KLICK HAT MAN DIE ANTWORT. ES GIBT ABER AUCH FRAGEN, FÜR DIE NICHT EINMAL DIE TECHNISCH RAFFINIERTESTE SUCHMASCHINE ANTWORTEN LIEFERT.

Auf welche Fragen hast du noch keine Antwort gefunden? Welche wirbeln in deinem Kopf herum? Schreib sie in die Fragezeichen:

Wie gut kannst du damit umgehen, dass sich manche Fragen nicht so schnell und leicht beantworten lassen?

0 % gar nicht **50 %** ein bisschen **100 %** überhaupt kein Problem damit

WAS HAST DU SCHON GEMACHT, UM ANTWORTEN AUF KOMPLEXE FRAGEN ZU FINDEN? Kreuze an!

- ☐ Mich mit Freunden darüber unterhalten
- ☐ mit Experten oder anderen Erwachsenen darüber gesprochen
- ☐ auf mein Herz gehört
- ☐ gebetet/mit Gott gesprochen
- ☐ in Büchern und online nach Erklärungsversuchen gesucht
- ☐ einfach nicht darüber nachgedacht und manchmal kam nach einer Weile eine Antwort von allein ...

Manche Fragen sind so komplex, dass man manchmal ein ganzes Leben braucht, um eine Antwort zu finden oder man findet immer wieder eine andere Antwort. Welche könnten es sein? Denk eine Minute nach, bevor du umblätterst!

* WARUM GIBT ES SO VIEL UNGERECHTIGKEIT AUF DER WELT?

* WARUM KÖNNEN MANCHE STÄNDIG SÜßES FUTTERN, OHNE DICK ZU WERDEN?

* WARUM GEHEN BEI MANCHEN MENSCHEN ALLE TRÄUME IN ERFÜLLUNG - UND BEI ANDEREN NICHT?

* WARUM STERBEN KINDER - UND MANCHE WERDEN ÜBER 100 JAHRE ALT?

* GIBT ES GOTT UND KANN MAN MIT IHM SPRECHEN?

* WARUM BIN ICH AUF DER WELT?

* IST ALLES VORHERBESTIMMT?

* WAS IST DER SINN DES LEBENS?

Fallen dir noch weitere Fragen ein?

DANN SCHREIB SIE AUF.

WIE EIN Löwe

ODER WIE EIN Igel?

Was fällt dir ein, wenn du diese Tiere betrachtest? Wie kommen sie rüber, wie wirken sie auf dich? Welches Tier willst du im Alltag sein? Male das Tier fertig.

PLUMP
STARK
LISTIG
VERSPIELT

Brüll
WIE EIN LÖWE

aber sei keine

ZICKIGE GIRAFFE ...

Es gibt Menschen, die sind immer laut. Manche müssen sich immer wichtig machen oder im Mittelpunkt stehen. Manche Leute sind total empfindlich und schnell eingeschnappt. Andere wiederum sind schlau und beeindrucken immer wieder durch ihre Klugheit. Welche Eigenschaften treffen auf dich zu?

Wir Menschen, so sind manche Forscher überzeugt, ähneln manchmal in unserem Verhalten Tieren: Da ist jemand schlau wie ein Fuchs, jemand so nervös wie ein Huhn oder stur wie ein Esel. Und jemand, der ständig in Fettnäpfchen tritt, verhält sich wie ein Elefant im Porzellanladen. Tiere können aber auch ein Vorbild für dich sein: Der Löwe beeindruckt mit seiner Stärke, die Bienen sind besonders fleißig und gute Team-Arbeiterinnen und der Spatz ist bekannt für sein fröhliches Gezwitscher.

Von welchen Tieren möchtest du dir eine Eigenschaft abschneiden? Welches Tier ist für dich ein Vorbild?

Welche „Berufe“ sollten viel mehr Menschen ausüben, um die Welt zu einem besseren Ort zu machen? Male die Balken aus!

DRINGEND gesucht

GRAUE-HÄUSER-BUNT-ANMALER

PESSIMISTEN-BEKEHRER

JUGENDLICHE, DIE AUF DER STRASSE EINFACH SO **LÄCHELN VERSCHENKEN**

STREIT-SCHLICHTER

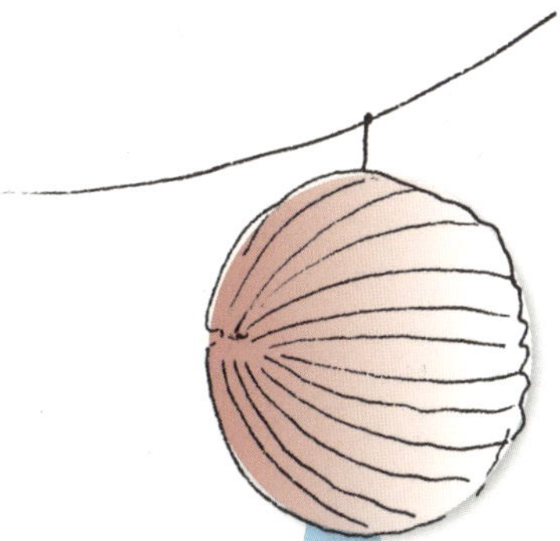

ORGANISATOREN VON **NACHBARSCHAFTS**FESTEN

FLÜCHTLINGEN-UNSERE GESELLSCHAFT **KENNEN-LERNEN**-HELFER

MILLIONÄRE-ZUM-TEILEN-MOTIVIERER

YOUTUBER, DIE NUR GUTE NEUIGKEITEN VERBREITEN

Der große Stadtpark, die gemütliche Eisdiele, der Springbrunnen auf dem Marktplatz ...

Was gefällt dir an deiner Stadt? Und was nicht? Was fehlt? Wie sollte deine Stadt, dein Ort in ein paar Jahren sein? Wie würdest du den Ort gerne verändern?

DIE PERFEKTE STADT

Picknick-Platz: Hier sitzen alle mittags gemütlich zusammen.
Ein Restaurant mit einem langen „Lern-neue-Freunde-kennen-Tisch" (Unbekannte können hier ohne zu fragen Platz nehmen und kommen mit neuen Menschen in Kontakt)
Eine Halfpipe

Bin ich in die richtige Richtung unterwegs – oder hätte ich schon längstens abbiegen sollen? – In der Hektik des Alltags merken manche erst viel zu spät, dass sie mit ihrem Leben gar nicht so glücklich sind und eigentlich schon längst einiges ändern wollten. Es lohnt sich, immer wieder mal zu überprüfen, ob die Richtung stimmt. Diese Fragen helfen dir dabei. Einfach ausschneiden, in eine schöne Box stecken und alle paar Monate ein bis zwei Karten ziehen und über die Frage nachdenken!

ZWISCH STOPP- FRAGEN

WIE SEHR HAST DU DICH AUF DEN TAG GEFREUT, ALS DU HEUTE MORGEN AUFGEWACHT BIST?

WANN HAST DU DAS LETZTE MAL VON DEINEM BERUFSZIEL GESCHWÄRMT?

WAS BEREUST DU MOMENTAN AM MEISTEN?

WIE FÜHLST DU DICH ABENDS? WIE WÜRDEST DU DEN VERGANGENEN TAG BESCHREIBEN?

Auf dem RICHTIGEN Weg

WAS VERMISST DU AM MEISTEN IN DEINEM LEBEN?

WIE SINNVOLL FINDEST DU, WAS DU BERUFLICH MACHEN WILLST?

WAS WÜRDEST DU MACHEN, WENN DU NUR AUF DEIN HERZ HÖREN WÜRDEST?

WAS WÜRDE DIR FEHLEN, WENN DU MORGEN DEIN PRAKTIKUM/DEINE AUSBILDUNGSSTELLE/DEIN STUDIUM AUFGEBEN MÜSSTEST?

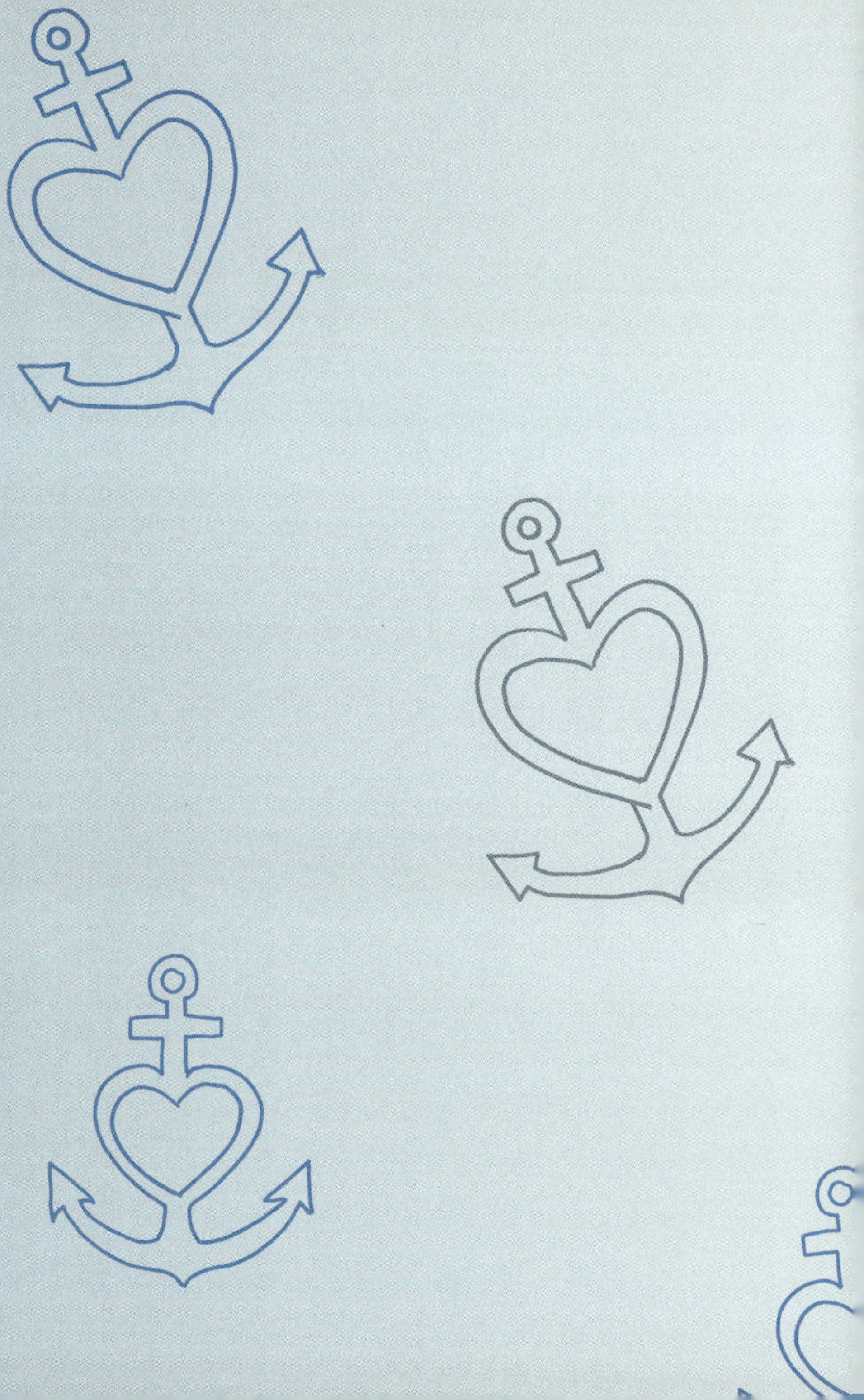

MEIN GLAUBE/MEINE WERTE

LIEST DU GERNE SCIENCE FICTION-BÜCHER

ODER STEHST DU AUF SCIENCE FICTION-FILME?

Etwas ist in vielen ähnlich: Sie spielen irgendwo in der Zukunft und die Welt ist ein schlechter Ort geworden. Das geht auch anders! Genauso gut könnte man Science Fiction-Geschichten erfinden, die in einer Welt spielen, die viel besser ist als unsere Gegenwart. Wie würde diese Welt aussehen? Wie würden die Menschen miteinander umgehen? Wie würde ihr Alltag aussehen?

WIE WIRST DU SMARTPHONE Held/in

- [ ] **EHRLICH GEBLIEBEN**
  UND HABE NICHTS VORGEMACHT
  ODER FAKE-MELDUNGEN GEPOSTET

- [ ] **GUTE UND POSITIVE NACHRICHTEN**
  VERSCHICKT / GEPOSTET

- [ ] **JEMANDEM GESCHRIEBEN,**
  VON DEM ICH GANZ LANGE NICHTS MEHR
  GEHÖRT HABE

Mit deinem Handy kannst du deine Stadt, dein Land, die ganze Welt verändern. Jede Meldung, die du verschickst oder online stellst, kann bei anderen etwas auslösen … Bist du schon jetzt ein Smartphone-Held? Kreuze alles an, was du schon mehr als einmal gemacht hast!

- [ ] ANDEREN ONLINE **KOMPLIMENTE** GEMACHT

- [ ] VERSUCHT, EINEN **CHAT ZU STOPPEN**, IN DEM JEMAND FERTIG GEMACHT WURDE

MEIN ONLINE-STECKBRIEF

Wie möchtest du dich online verhalten?

BIN IMMER: ______________________________

KANN NICHT AUSSTEHEN: ____________________

____

DIESE EMOJIS UND WÖRTER LIEST MAN VON MIR AM HÄUFIGSTEN:

____

DIESE MELDUNGEN LIKE ICH BESONDERS GERNE: ______________

____

DIESE MELDUNGEN WÜNSCHE ICH MIR: ______________________

____

SO LANGE LASSE ICH MIR ZEIT, BIS ICH EINE NACHRICHT BEANTWORTE/ REAGIERE: _________ SEKUNDEN/MINUTEN/STUNDEN

SO LEICHT FÄLLT ES MIR, DAS HANDY AUCH MAL WEGZULEGEN:

____

____

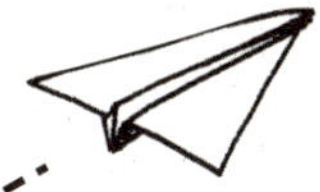

ELCHE

KURZNACHRICHTEN

MÖCHTEST DU?

in deinem

Leben

EINMAL VERSCHICKEN?

VERZIERE DIE NACHRICHTEN, DIE AUF DEINER „WUNSCHE-LISTE“ STEHEN, UND FOTOGRAFIER SIE MIT DEINEM HANDY AB.

Wir heiraten Wir laden dich herzlich zu unserer Trauung in der Kirche und anschliessend zum Fest auf der Burg ein.

1. Platz!
Ich habe den Marathon gewonnen!

Heute Nacht ist
unsere Tochter
auf die Welt gekommen.

Hast du gewusst?
Wir kennen uns heute genau
seit 64 Jahren!

In einem Monat: große
DANKESCHÖN-PARTY
für alle Menschen, die mich
durchs Leben begleitet haben.

J. darf bleiben.
Wir haben es geschafft, eine definitive
Aufenthaltsgenehmigung
für ihn zu bekommen.

DU WILLST …

MUTIGER > M

FANTASIEVOLLER / IDEENREICHER > F

ERFINDERISCHER > E

ZIELSTREBIGER > Z

HILFSBEREITER > H

… SEIN

MEIN PERFEKTES VORBILD!

BEYONCE, LIONEL MESSI, SELENA GOMEZ ODER IRGENDEIN YOUTUBER - WER VON IHNEN BEEINDRUCKT DICH AM MEISTEN? MANCHE „STARS“ SIND AUF DEN ERSTEN BLICK TOTAL BEEINDRUCKEND. DOCH WENN MAN SICH NÄHER MIT IHNEN BESCHÄFTIGT, SIND SIE OFT GAR NICHT MEHR SO SPANNEND. WER IST ALS VORBILD TATSÄCHLICH GEEIGNET? DER VORBILD-GENERATOR HILFT DIR, DIE PASSENDE PERSON FÜR DICH ZU FINDEN.

Z Der Deutsche Felix Finkbeiner hatte mit 12 Jahren ein verrücktes Ziel: Möglichst viele Bäume pflanzen, um die Umwelt zu retten. Ein verrückter Plan und doch gründete Felix eine Organisation und legte los. Er gab nicht auf und schon drei Jahre später konnte der Millionste Baum gepflanzt werden.

E Die 16-Jährige Emily Duffy aus Irland erfand einen Schlafsack, der obdachlose Menschen vor dem Erfrieren helfen soll. Der Schlafsack besteht aus wasserfester, leichter und feuerfester Luftpolsterfolie und soll für langanhaltende Wärme sorgen. Der Schlafsack heißt „Duffily Bag" und ist bereits im Einsatz. Das Besondere: Die Materialkosten für diesen Schlafsack sind sehr günstig.

F Robert, Albrecht und Konstantin sind ein starkes Team und sehr kreativ: Die drei 16-jährigen Jugendlichen aus Dresden haben eine App entwickelt, mit der Jugendliche einfacher Nachhilfelehrer, die in der Nähe und nicht viel älter als die Jugendlichen sind, finden können.

M Malala aus Pakistan besuchte die Schule – obwohl die Taliban Mädchen dies verboten hatte. Sie kämpfte in einem Blog für ihr Recht auf Bildung. Daraufhin wurde sie Opfer eines Attentats. Zum Glück überlebte sie. Sie konnte nach Europa auswandern und kämpft seitdem mit Büchern und vielen Auftritten dafür, dass auch Mädchen die gleichen Rechte haben wie Jungs.

H Ziemlich hartnäckig und vor allem mutig ist Greta aus Schweden: Seit Jahren demonstriert sie regelmäßig, um auf den Klimawandel aufmerksam zu machen. Mit 15 hielt sie bei einer Klimakonferenz in Polen eine bewegende Rede. Das Video davon wurde auf der ganzen Welt geteilt. Bei ihrer Rede schimpfte sie mit den Politikern und beschwerte sich, dass sich diese zu wenig für die Umwelt einsetzen. Viele Jugendliche sind von Greta beeindruckt und demonstrieren wie sie für mehr Umweltschutz. Greta weiß, dass sie für ihr Engagement langen Atem braucht. Aber sie gibt nicht auf …

Welche **FRISUR** würdest du in deinem *Leben* gerne mal AUS-PROBIEREN????

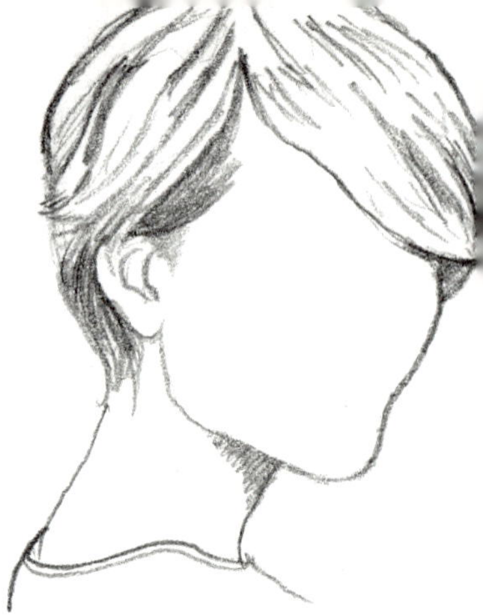

DEINE FRISUR DRÜCKT DEINE IDENTITÄT AUS. ZEIG DEINEN STYLE!

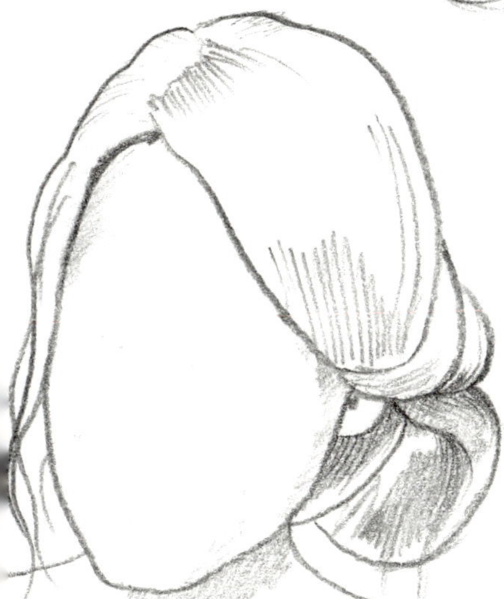

Wähle eine aus und blättere um!

ERWISCHT!

GANZ EHRLICH, DU HÄTTEST LIEBER EINE ANDERE FRISUR AUSGEWÄHLT?

Du hast dich zu sehr an der aktuellen Mode und deinen Freunden orientiert. Das passiert im Leben zu oft. Blätter nochmals zurück: Welche Frisur würde dich wirklich ansprechen?

Spezialanfertigung, einzigartig – ein Unikat! Dieser Mensch ist nicht wie jeder andere – er ist ein Original. Lässt sich nicht von Moden und Trends beeinflussen, geht immer seinen eigenen Weg. Zeichnet sich aus durch besonderen Mut. Steht zu seiner eigenen Meinung.

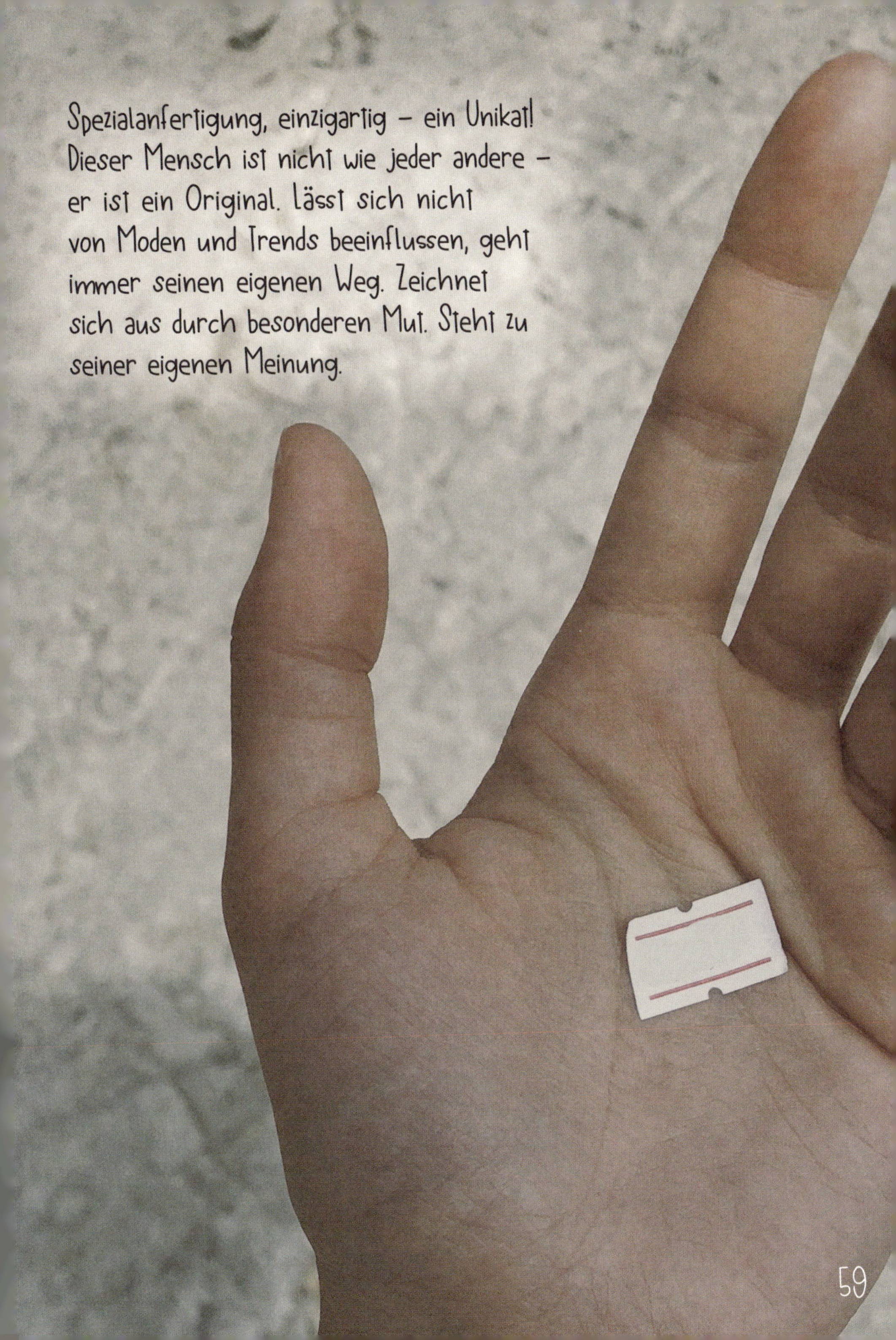

IN WAS FÜR EINEM Haus möchtest du mal wohnen?

Wähle ein Haus aus! Was sagt deine Wahl über dich aus? Bitte umblättern

Cafe FRÖHLICH

BAUMHAUS: Ein bisschen verrückt sein gehört für dich einfach dazu. Warum immer so ernst sein? Mit etwas Humor macht das Leben gleich viel mehr Spaß.

HAUS IM GRÜNEN: In der Natur fühlst du dich wohl. Mitten im Grünen leben – was gibt es Schöneres? Wenn du aus dem Fenster schaust, kannst du die Kühe beobachten – und nachts den Sternenhimmel.

ZELT: Sind Luxus und Komfort wirklich so wichtig? Viel aufregender ist da das Abenteuer. Natürlich: Bei Regen und Sturm kann es schon etwas brenzlig werden. Aber manchmal ist im Leben ein bisschen Risiko notwendig, oder?

HOCHHAUS-WOHNUNG: Fast ganz oben in den Wolken bist du zuhause. Du liebst die Wohnung wegen ihres Weitblickes. Alles topmodern – so soll es sein. Hightech ist dir wichtig. Und in deiner Wohnung kannst du sämtliche Geräte via App von unterwegs bedienen: Die Heizung hochfahren, den Backofen einschalten ... Und in einem so hohen Wohngebäude bist du von vielen Nachbarn umgeben. Da fühlt man sich nie allein!

WOHNMOBIL: Du fühlst dich überall zuhause. Und gibt es etwas Spannenderes als seinen Wohnort immer wieder zu wechseln? Es gibt doch so viele interessante und schöne Orte auf der Welt. So kannst du immer wieder neue Menschen kennen lernen.

GLASHAUS: Vorhänge? Wer braucht denn so etwas? Du hast ja nichts zu verstecken! Dafür hast du immer einen schönen Ausblick nach draußen.

ALTBAU-WOHNUNG: Die Wohnung ist schon über hundert Jahre alt. Aber dafür hat jeder Boden, jede Wand Geschichte. Nicht Hochglanz, sondern Gemütlichkeit. Und im Parterre gibt es ein nettes Café – der Duft nach Kaffee und frischem Gebäck begrüßt dich jeden Morgen im Flur.

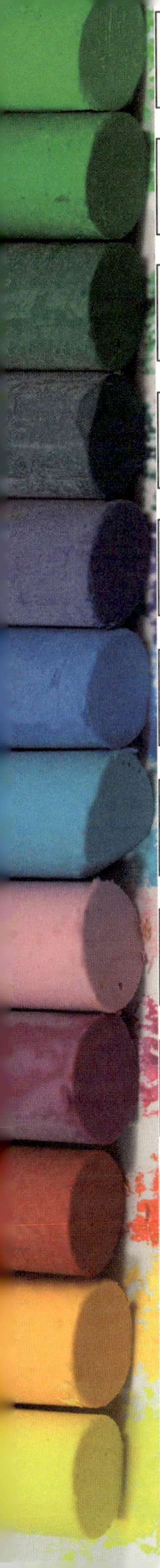

WELCHE FARBEN SOLLEN IN DEINER WOHNUNG, IN DEINEM LEBEN EINE ROLLE SPIELEN?

Hoffnung

Natur

Ökologie

Gift

Trauer

Treue/Loyalität

Sehnsucht

Schwärmerei

Energie

Liebe/Feuer

Lebensfreude

Neid

MALE DIE BALKEN AUS.

VIEL — GAR NICHTS

LEBE DEIN
Leben
MÖGLICHST
BUNT

DIE WELT IST BUNT –

WIE BUNT BIST DU?

ODER LIEBST DU ES EINFACH NUR SCHWARZWEIß?

IST DAS NICHT ZIEMLICH ÖDE?

FARBEN BRINGEN FREUDE UND FRÖHLICHKEIT.

ROT IST NICHT GRÜN, BLAU IST NICHT GELB

UND TROTZDEM HAT JEDE FARBE IHREN PLATZ.

DIE VIELFALT MACHT DAS LEBEN ERST SPANNEND.

MANCHEN MACHT VIELFALT SCHISS.

ZEIGST DU IHNEN, DASS VIELE VERSCHIEDENE FARBEN

IN ALLEN LEBENSBEREICHEN EIN GROßES GESCHENK SIND?

WOFÜR WILLST DU DEIN GELD AUSGEBEN?

1

2

3

4

1 €/Tag für einen guten Zweck sparen.

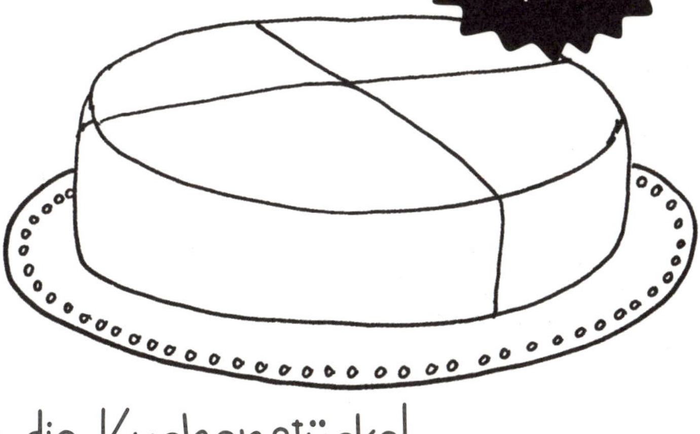

Schreib in die Kuchenstücke!

Weißt du, wovor ich mich am meisten fürchte? Total fett zu werden – so fett, dass ich fast platze! Ich kenne einige Kolleginnen, deren Besitzer stopfen sie immer weiter voll mit Scheinen und Münzen – die sind so was von geizig, die gönnen sich fast nichts! Und teilen ist für sie ein Fremdwort! Das heißt aber nicht, dass ich total mager sein will. Es gibt schon genügend Geldbörsen, bei denen gähnende Leere herrscht. Ständig das Geld verprassen und dann auf dem Trockenen sitzen? Fühlt sich auch nicht so gut an! Am liebsten wäre es mir, wenn bei mir das Geld relativ locker sitzen würde. Mein Tipp: Gib deine Kohle nicht zu zurückhaltend, aber auch nicht zu verschwenderisch aus. Nichts lieber mache ich, als einen Schein an jemanden abzutreten, der es gerade ganz dringend nötig hat. Und besonders schön finde ich es, wenn dein Geld eine Reise um die Welt macht und zum Beispiel etwas Gutes in Afrika oder Asien bewirkt. Wenn du nachts im Bett liegst, denke ich manchmal darüber nach, was mit dem Geld, das du und ich hergegeben haben, passiert ist …

DAFÜR MÖCHTE ICH SPAREN:

EIN JAHR LANG: ____________________

____

FÜNF JAHRE LANG: ____________________

____

20 JAHRE LANG: ____________________

____

DAS MÖCHTE ICH MIT MEINEM GELD AUF UNSERER WELT VERÄNDERN:

____

____

____

____

____

Bringt es überhaupt etwas, zu spenden? Kann ich mit fünf Euro überhaupt etwas bewirken? Geht das Geld wirklich zu den Menschen, die es benötigen? Du kannst dich online über die „Goldenen Regeln" des Spendens informieren: www.spendenrat.de

MEINE FREUNDE & ICH

am besten für immer!

Welche Freunde sollen dich durch dein Leben begleiten? Füll die Steckbriefe aus – mit Freunden, die du schon hast. Und wenn du noch auf der Suche bist, kannst du einfach Freunde erfinden!

NAME: ______________________________

WOHER KENNEN WIR UNS? ________________

____

DAS SCHÄTZE ICH AN IHR/IHM: ______________________

____

DESHALB SOLL SIE/ER MICH EIN LEBEN LANG BEGLEITEN:

____

NAME: ______________________________

WOHER KENNEN WIR UNS? ___________________________

____

DAS SCHÄTZE ICH AN IHR/IHM: _________________________

____

DESHALB SOLL SIE/ER MICH EIN LEBEN LANG BEGLEITEN:

____

NAME: ______________________________

WOHER KENNEN WIR UNS? ______________________________

____

DAS SCHÄTZE ICH AN IHR/IHM: ______________________________

____

DESHALB SOLL SIE/ER MICH EIN LEBEN LANG BEGLEITEN:

____

Welche Träume willst du mit deinen FREUNDEN erfüllen?

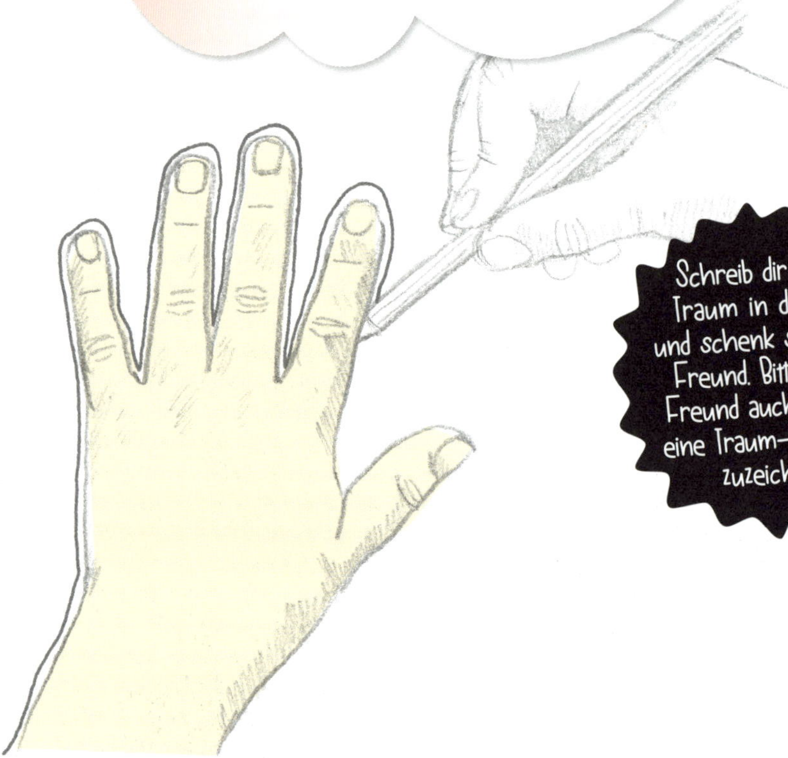

Schreib dir deinen Traum in die Hand und schenk sie deinem Freund. Bitte deinen Freund auch für dich eine Traum-Hand aufzuzeichnen.

TANKSTELLE *gesucht*

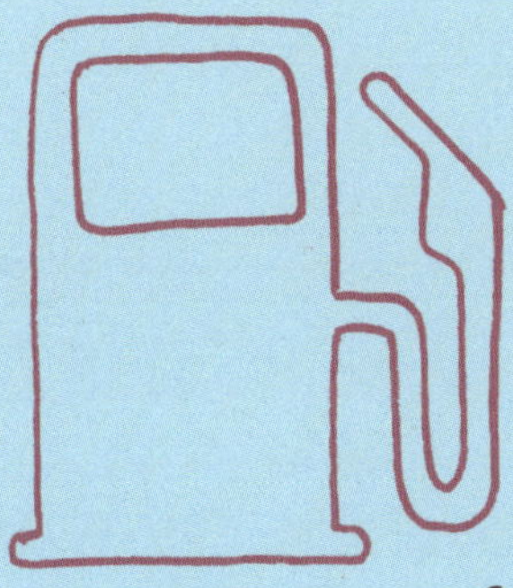

Gibt es einen Ort, wo du in deinem Leben schon öfters hingegangen bist, wenn dir alles zu viel wurde, wenn du eine komplizierte Entscheidung fällen musstest? An welchen Orten kannst du Kraft tanken? Wo gehst du hin, wenn dir mal die Puste ausgeht? Hier findest du ein paar Vorschläge.

Lovely day

WO SIND DIE VORGESTELLTEN TANKSTELLEN IN DEINER NÄHE ZU FINDEN?

Schreib die konkreten Orte unter die Texte.

Mach dich auf die Suche nach einem gemütlichen Café. Vielleicht entdeckst du dort einen besonders gemütlichen Tisch? Gönn dir eine Tasse Café, leg dein Smartphone weg und jetzt nimmst du dir Zeit, um einfach nur noch zu beobachten: Was passiert vor dem Fenster? Worüber unterhalten sich die anderen Menschen im Café? Gibt es etwas Erholsameres als einfach mal so einen Vormittag oder Nachmittag in einem Café zu verbringen? Der Stress kann draußen vor der Tür warten.

Das Brausen, das Tosen ist schon von weitem zu hören. Und plötzlich siehst du den Wasserfall vor dir. Einzelne Tropfen erfrischen dein Gesicht. Du konzentrierst dich ganz auf das Wasser und vergisst alles andere. Und alles, was dich bisher so gestresst hat, ist plötzlich meilenweit entfernt.

Fast nirgendwo ist es heute so still wie in einer Kirche. Warst du schon mal an einem ganz normalen Wochentag, wenn gerade kein Gottesdienst stattfindet, in einer Kirche? Probiere es mal aus und du wirst sehr schnell süchtig danach werden. Sich einfach in eine Kirchenbank setzen, die Kirche ganz genau anschauen und einfach mal nichts denken. Fünf Minuten, zehn Minuten ... Dir wirbelt ganz viel im Kopf herum, das du loswerden möchtest? Dann sprich mit Gott darüber.

Je höher du steigst, umso langsamer kommst du vorwärts. Nach einer Stunde – endlich geschafft! Auf dem Gipfel angekommen. Einfach atemberaubend, diese Aussicht. Für eine Weile bleibst du einfach nur stehen und lässt alles auf dich wirken: Der weite Blick, die frische Luft, die Stille. Und plötzlich stellst du fest: Unterwegs haben sich einige Fragezeichen aufgelöst. Manches, das dich im Alltag so bedrückt, wirkt von hier oben total winzig und unbedeutend. Warum aus einer Mücke einen Elefanten machen?

Du spürst den Bass auf deiner Haut, jetzt gehen alle Hände in die Höhe und du singst jede Strophe mit. Wie sehr hast du dich auf das Konzert deiner Lieblingsband gefreut – und mit dir viele andere, mit denen du hier in dieser Konzerthalle feierst. Ihr singt, ihr tanzt, ihr jubelt, ihr feiert das Leben. Und selbst auf dem Nachhauseweg bist du noch ganz beschwingt und du denkst dir: Warum nicht öfter sich so leicht tanzend durch den Alltag bewegen?

Ziel? Unbekannt! Du fährst einfach los – den Weg hinunter, durch den Wald, mal geht es aufwärts, dann hinab und der Fahrtwind bläst dir lustig ins Gesicht. Fahr einfach weiter und entscheide dich ganz spontan, welche Richtung du nimmst. Beim Radfahren lässt sich sehr gut über alles nachdenken.

Hast du dich schon mal auf eine Wiese gelegt – einfach so ins Gras und den Himmel beobachtet? Du wirst erstaunt sein, wie viele Geschichten dir die Wolken erzählen.

Meine Freunde
mein Lover
meine Familie

MEINE TRAUMFRAU *ist*

★

★

★

★

★

★

★

★

★

★

★

★

Was ist dir an deiner Partnerin, an deinem Partner wichtig?

z.B.: attraktiv
treu
aufmerksam
idealistisch
humorvoll
abenteuerlustig
freiheitsliebend ...

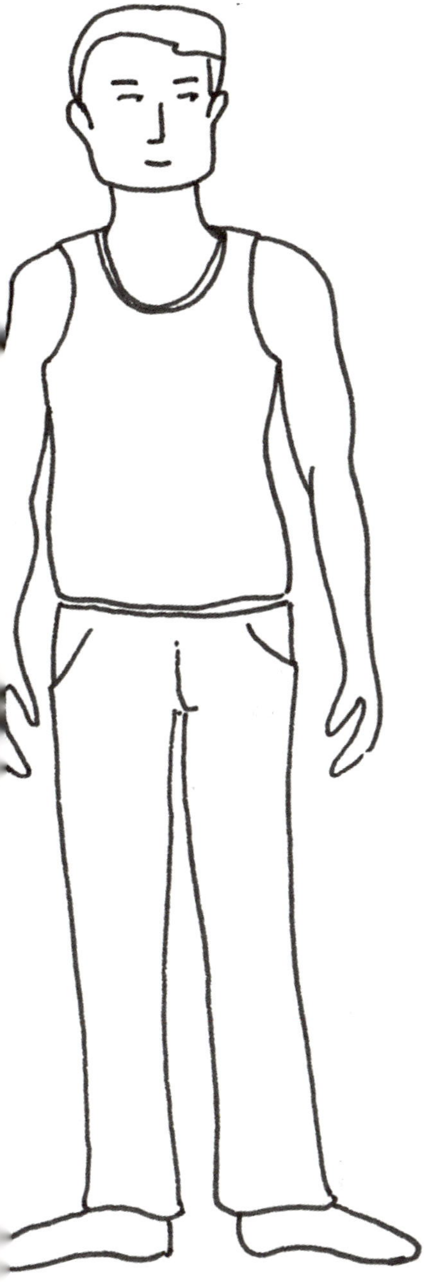

MISTER PERFECT
kann

IN EINER BEZIEHUNG IST WICHTIG, DASS ...

Anne

Jemand, der mit mir durch dick und dünn geht.

Lars

EINANDER GENÜGEND FREIRAUM LASSEN.

Lukas

MAN MUSS SICH TREU SEIN.

Jan

IMMER EHRLICH SEIN

Alina

NICHT NUR ZEIT ZU ZWEIT VERBRINGEN.

Mia

Gleiche Hobbys haben.

Finn

AUCH MAL ALLEINE IN DIE FERIEN.

Julia

MAN MUSS SICH NICHT TÄGLICH SEHEN.

Lilli

AN DAS GLEICHE GLAUBEN.

Marie

AUCH STREITEN UND ZOFFEN KÖNNEN.

Schalte dich in diese Diskussion ein und sprich in Gedanken mit den verschiedenen Personen. Mit welchen bist du einverstanden? Mit welchen nicht?

MISS ODER MISTER RIGHT NOCH NICHT GEFUNDEN?

Kein Problem - solange du auf sie oder ihn wartest, kannst du deiner Fantasie freien Lauf lassen.

Da habt ihr euch kennen gelernt:

....

DAS HAT DEIN SCHATZ ALS ERSTES ZU DIR GESAGT:

DAS HAST DU BEIM ERSTEN TREFFEN GEDACHT:

....

WAS HAT DEIN SCHATZ SOFORT AN DIR BESONDERS INTERESSANT GEFUNDEN:

....

Damit hast du deinen Schatz zum Lächeln gebracht:

DAS VERSPRECHT IHR EUCH BEI DER HOCHZEIT:

....

WAS IST DIR AN EINER BEZIEHUNG WICHTIG?

Male bei allen Aussagen, die auf dich zutreffen, die Herzen aus!

„MÖGLICHST VIEL ZEIT MITEINANDER VERBRINGEN"

♡ ♡ ♡ ♡ ♡ ♡ ♡ ♡ ♡ ♡

„WIR HABEN DEN GLEICHEN HUMOR"

♡ ♡ ♡ ♡ ♡ ♡ ♡ ♡ ♡ ♡

„GANZ VIEL MITEINANDER REDEN"

♡ ♡ ♡ ♡ ♡ ♡ ♡ ♡ ♡ ♡

„GANZ VIEL KUSCHELN"

♡ ♡ ♡ ♡ ♡ ♡ ♡ ♡ ♡ ♡

„WIR LIEBEN DIE GLEICHEN SERIEN"

♡ ♡ ♡ ♡ ♡ ♡ ♡ ♡ ♡ ♡

„WIR WOHNEN NAH ODER SOGAR ZUSAMMEN"

♡ ♡ ♡ ♡ ♡ ♡ ♡ ♡ ♡ ♡

„WIR SCHREIBEN UNS STÄNDIG NACHRICHTEN"

♡ ♡ ♡ ♡ ♡ ♡ ♡ ♡ ♡ ♡

„WIR MÜSSEN NICHT STÄNDIG ANEINANDER KLEBEN"

♡ ♡ ♡ ♡ ♡ ♡ ♡ ♡ ♡ ♡

„BEI UNS FLIEGEN AUCH MANCHMAL DIE FETZEN"

♡ ♡ ♡ ♡ ♡ ♡ ♡ ♡ ♡ ♡

„WIR SIND TREU UND SAGEN UNS IMMER DIE WAHRHEIT"

♡ ♡ ♡ ♡ ♡ ♡ ♡ ♡ ♡ ♡

SIXPACK
sportlich
SEXY
viel Kohle
auf dem Konto ...

IHRE/SEINE NATIONALITÄT

COOL

WAS IST WIRKLICH

WICHTIG?

Dein idealer Sonntag

- Ausschlafen
- Den ganzen Tag nur Pyjama oder Schlabber-look tragen
- Verträumt zum Fenster hinausschauen
- Auf dem Sofa rum-hängen und die ganze Staffel einer Serie am Stück anschauen

- Nicht zu spät aufstehen
- Freunde zum Brunch einladen
- Einen Kuchen backen
- Mit Freunden ein Brettspiel spielen
- Bei schönem Wetter: spazieren oder joggen

Das Leben besteht nicht nur aus Stress, Hektik und viel Arbeit. Auch Erholung muss sein. Wie sollen deine Sonntage ablaufen? Entscheide dich für ein Programm – du kannst auf jeden Fall eigene Ideen dazuschreiben oder ein Beispiel durchstreichen, falls keine Liste hundertprozentig passt.

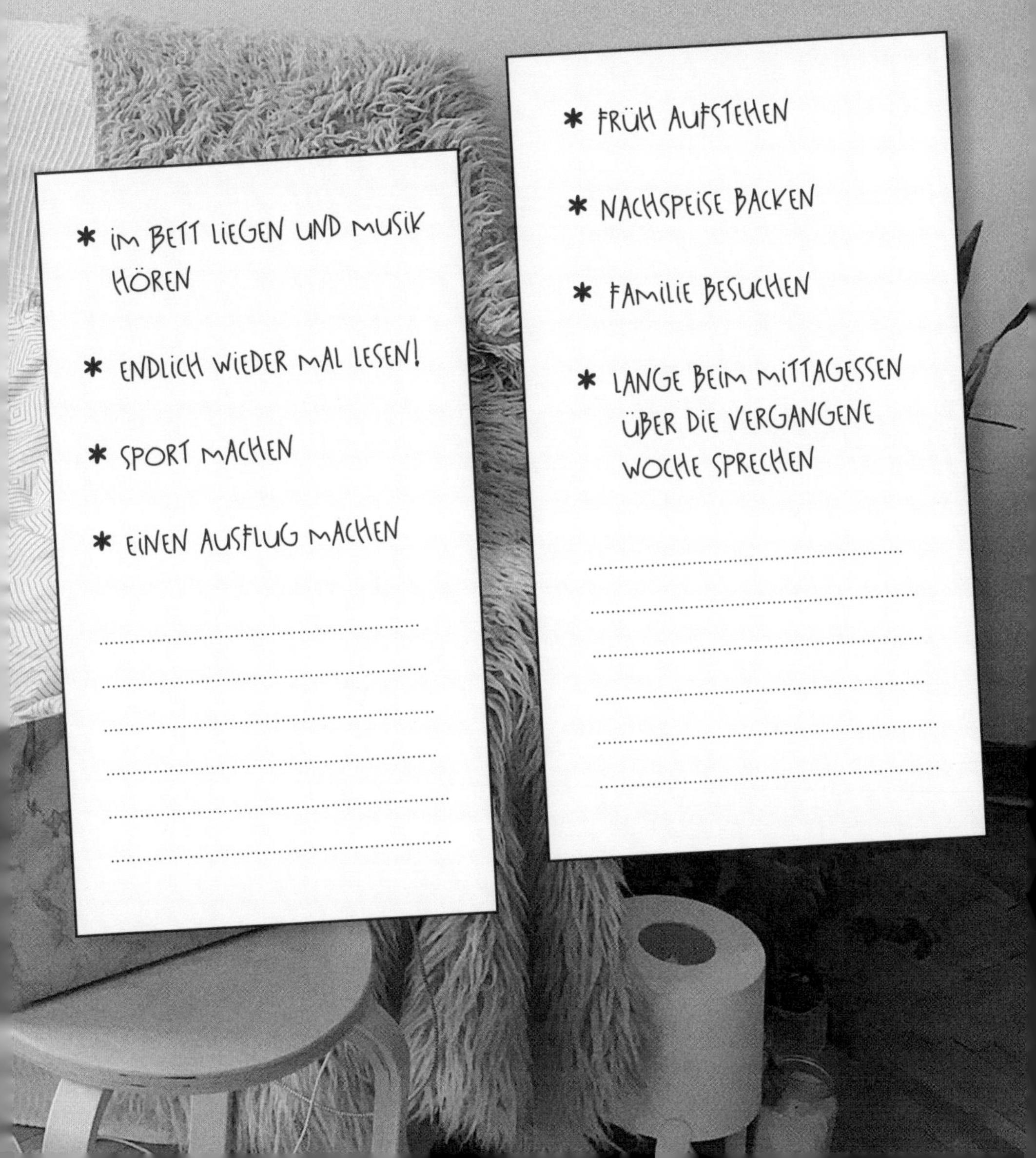

* IM BETT LIEGEN UND MUSIK HÖREN
* ENDLICH WIEDER MAL LESEN!
* SPORT MACHEN
* EINEN AUSFLUG MACHEN

* FRÜH AUFSTEHEN
* NACHSPEISE BACKEN
* FAMILIE BESUCHEN
* LANGE BEIM MITTAGESSEN ÜBER DIE VERGANGENE WOCHE SPRECHEN

DIESE SÄTZE WILL ICH MAL HÖREN/LESEN:

Von meiner Mama

??

Von meinem Papa

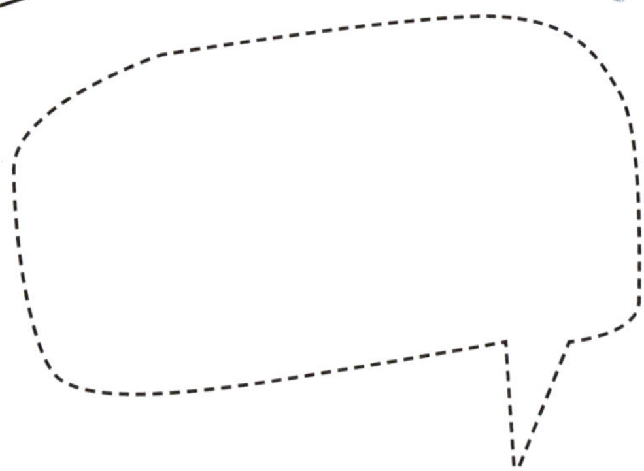

Von meiner Schwester/meinem Bruder

Von meiner Lehrerin/meinem Chef

Und wie großzügig bist du mit Komplimenten und positiven Rückmeldungen? Teste dich einen Monat lang und mach immer wieder einen Strich, wenn du eine positive Rückmeldung gemacht hast:

PAPA

MAMA

SCHWESTER

BRUDER

OMA

OPA

FREUNDE

LEHRER / CHEFS

NACHBARN

FREUNDE IM VEREIN

TRAINER

DEIN RÜCKBLICK

DAS GROSSE INTERVIEW

Stell dir vor, am Ende deines Lebens wirst du von einer bekannten YouTuberin oder einer Journalistin eines Magazins über dein Leben interviewt. Was würdest du antworten? Füll das Interview aus.* Aber bitte ganz ehrlich und kein Blablabla ...

WAS MACHT SIE RÜCKBLICKEND AM MEISTEN STOLZ?

WAS WAR IHRE MUTIGSTE ENTSCHEIDUNG?

WELCHE ERKENNTNIS HÄTTEN SIE GERNE FRÜHER GELERNT?

WOFÜR HÄTTEN SIE RÜCKBLICKEND GERNE MEHR ZEIT INVESTIERT?

UND WAS HÄTTEN SIE BERUFLICH ANDERS GEMACHT?

* Du schreibst nicht gerne?

Du kannst die Fragen auch wie bei einem YouTube- oder Radio-Interview mündlich beantworten. Aber bitte laut und deutlich sprechen, damit dich die Hörer und Zuseher verstehen ;-) Oder warum filmst du dich nicht gleich mit dem Smartphone? Dann kannst du dich auch noch in ein paar Jahren an dieses Interview erinnern.

„… WAR IMMER …"

„… HAT NIE …"

„… HAT MICH BEEINDRUCKT MIT IHREM/SEINEM …"

Was sollen die Menschen

IN 50 JAHREN

über dich sagen?

„… HAT MICH ÜBERRASCHT DURCH IHR/SEIN …"

„NIEMAND WAR SO …. WIE …"

So will ich mit 80 aussehen:

GANZ VIELE LAGHFALTEN?

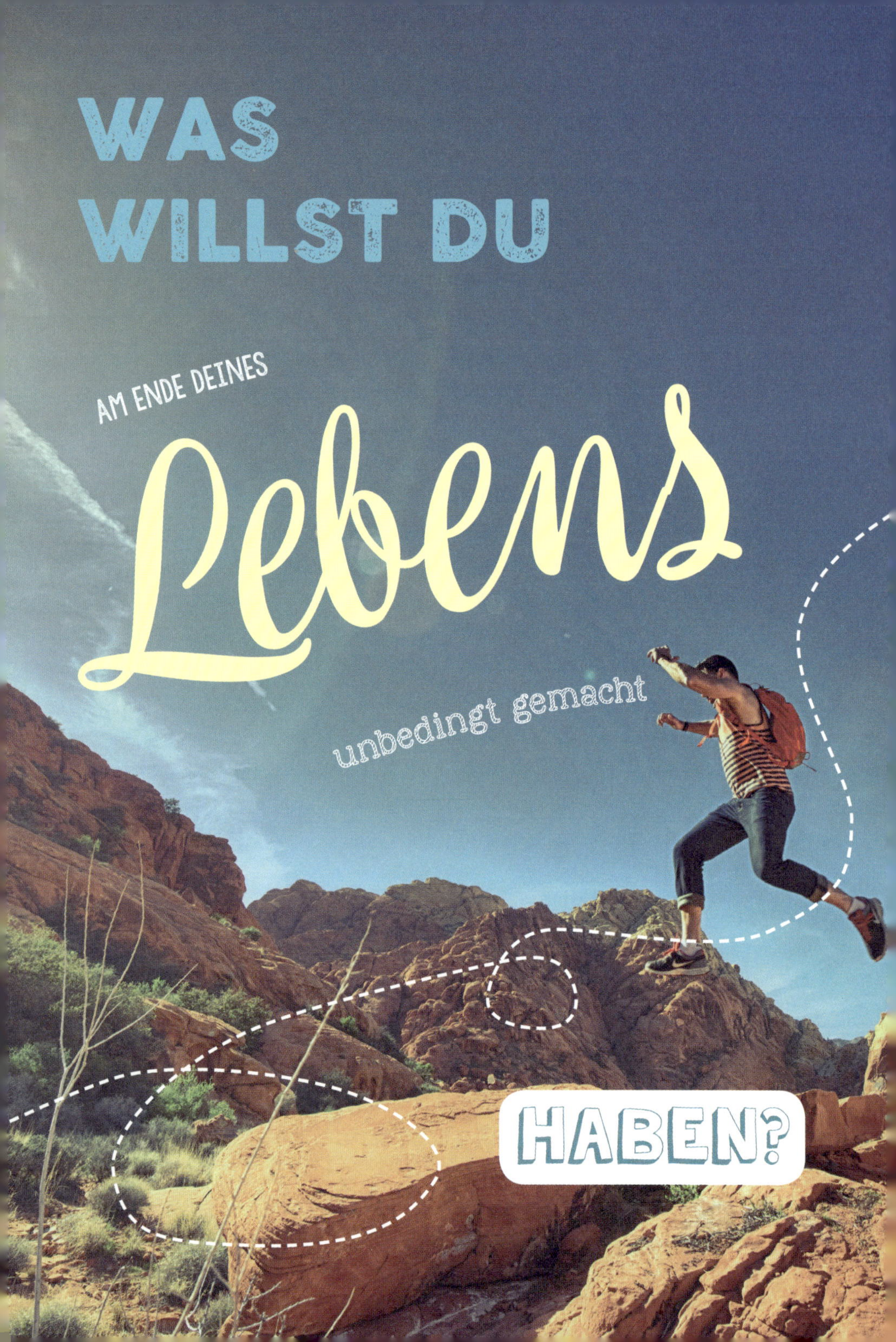
WAS
WILLST DU
AM ENDE DEINES
Lebens
unbedingt gemacht
HABEN?

BEWERTE AUF EINER SKALA VON 1 BIS 10

1 = ganz wichtig,
10 = nicht wichtig

☐ REISE NACH AUSTRALIEN

☐ GROẞEN FREUNDESKREIS AUFGEBAUT

☐ NOCH IMMER MIT EIN PAAR JUGENDFREUNDEN IN KONTAKT SEIN

☐ BUNGEE-JUMPING-SPRUNG

☐ FAHRT IN EINEM FORMEL-1-AUTO

☐ RIESIGE FETE ORGANISIERT

☐ HOCHZEIT IN WEIẞ

☐ BÄUME GEPFLANZT / DER NATUR GEHOLFEN

☐ VIELE GEMÜTLICHE WOCHENENDEN ZUHAUSE VERBRACHT HABEN

☐ HAUS NACH MEINEN VORSTELLUNGEN GEBAUT

☐ WELTREISE

☐ TREFFEN MIT MEINEM LIEBLINGSSTAR/VORBILD

ERSCHRECKENDE ZAH

11 MILLIONEN TONNEN LEBENSMITTEL WERDEN JEDES JAHR IN DEUTSCHLAND ENTSORGT.

29,4 MILLIONEN HEKTAR WÄLDER WERDEN PRO JAHR WELTWEIT GERODET – DAS ENTSPRICHT FAST 80 PROZENT DER FLÄCHE DEUTSCHLANDS.

CA. 400 000 MENSCHEN STERBEN WELTWEIT JEDES JAHR AUFGRUND KLIMA-VERÄNDERUNGEN.

.EN ...

... die sollten dringend verschwinden! Nimm einen schwarzen Filz- oder Farbstift und übermale sie!

8,9 TONNEN CO_2 WERDEN VON JEDER PERSON IN DEUTSCHLAND PRO JAHR PRODUZIERT.

ÜBER 1 MILLIONEN TONNEN KLEIDUNGSSTÜCKE WERDEN IN DEUTSCHLAND JEDES JAHR WEGGEWORFEN.

WELCHE ZAHLEN WÜNSCHST DU DIR FÜR DIE ZUKUNFT? ERFINDE! ooooooo

ooooooooooooooooooooooooooooooooooooooooooooooo

oooooooooooooooooo

Kein/wenig Fleisch essen

Frösche über die Straße tragen

Ich verzichte aufs Auto und
gehe zu Fuß/mit dem Rad/Bus

Müll trennen

Plastik vermeiden

Solarstrom oder Windenergie statt
Kohlen- und Atomenergie

HEUTE

Male die Balken und Kreise aus!

WIE „öko" bist du?

UND WIE „ÖKO" WILLST DU IN ZUKUNFT SEIN?

Kosmetik, Duschmittel, Zahnpasta ohne Chemie verwenden

Ich pflanze viele Früchte und Gemüse selber in meinem Garten/Balkongarten an.

Keine Flugreisen

Keine Lebensmittel wegwerfen

IN ZUKUNFT

In Zukunft ... Wie leicht fällt dir das?
Mal das passende Emoji neben die Beispiele!

WIRFST DU AUCH JEDES JAHR EINE MENGE T-SHIRTS, JEANS UND ANDERE KLEIDUNGSSTÜCKE WEG, WEIL DU STÄNDIG ETWAS NEUES KAUFST?

Wie viele Klamotten hängen bei dir rum? Check deine Schränke und füll die Liste aus:

- ☐ T-SHIRTS
- ☐ JEANS
- ☐ UNTERWÄSCHE
- ☐ PULLOVER
- ☐ SCHUHE
- ☐ SWEATSHIRTS
- ☐ ANDERE HOSEN
- ☐ ROCK/KLEID
- ☐ GÜRTEL

Manche junge Leute versuchen heute, mit möglichst wenig Kleidungsstücken auszukommen. Wie leicht würde dir das fallen? Auf welche fünf würdest du dich beschränken? Welche fünf Kleidungsstücke möchtest du möglichst lange im Leben tragen? Zeichne sie auf die Kleiderbügel:

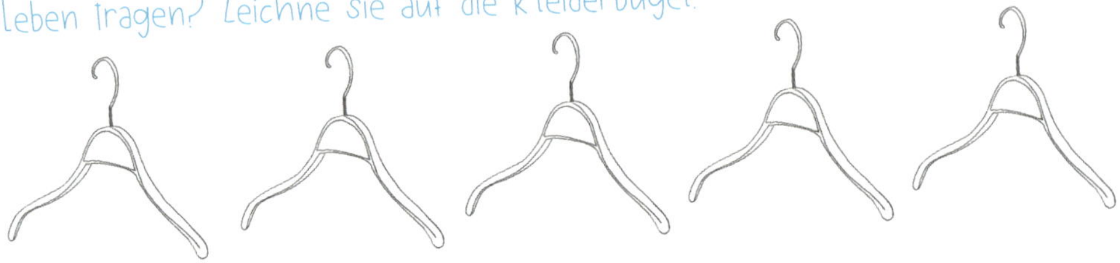

Dir kommt es manchmal so vor, als würde sich nie etwas ändern, als würde immer alles ganz gleich ablaufen? Hast du die Hoffnung schon aufgegeben, dass es je anders wird?

TOTAL

GELANGWEILT?

... doch du weißt schon, dass hinter jeder Ecke eine Überraschung auf dich warten kann?

DIE BESTE PARTY!

HERZLICHEN GLÜCKWUNSCH, HEUTE BEKOMMST DU EIN GRANDIOSES GESCHENK: JEMAND ÜBERNIMMT SÄMTLICHE KOSTEN FÜR DIE GRÖßTE PARTY IN DEINEM LEBEN! WAS FÜR EINE PARTY LÄSST DU STEIGEN?

ÜBERRASCHUNG ÜBERRASCHUNG ÜBERRASCHUNG

Oft ereignet sich etwas Positives gerade dann, wenn man a

Wen lädst du ein?

- [ ] Freitag
- [ ] Samstag
- [ ] Sonntag

Wo findet die Party statt?

Von: bis:

Welche Band spielt?

Welcher DJ legt auf?

Wie soll der Raum dekoriert sein?

enigsten damit gerechnet hat: man lernt jemanden kennen, es kommt eine große Chance oder vielleicht sogar ein großer Gewinn wie zum Beispiel ...

Magst du gerne große Feten oder feierst du lieber ganz gemütlich mit ein paar Freunden zuhause mit einem leckeren Essen, ganz unspektakulär und dafür mit genügend Zeit für richtig gute Gespräche? Gibt es etwas Schöneres? Im Alltagstrott wird das viel zu schnell vergessen ... lade Bekannte und Unbekannte ein, so oft du kannst.

ES GIBT GANZ VIELE GELEGENHEITEN IM JAHR, UM FREUNDE EINZULADEN. ES GIBT GANZ VIELE TAGE UND GELEGENHEITEN, UM ZU FEIERN. SCHREIB SIE DOCH GLEICH IN DEN KALENDER:

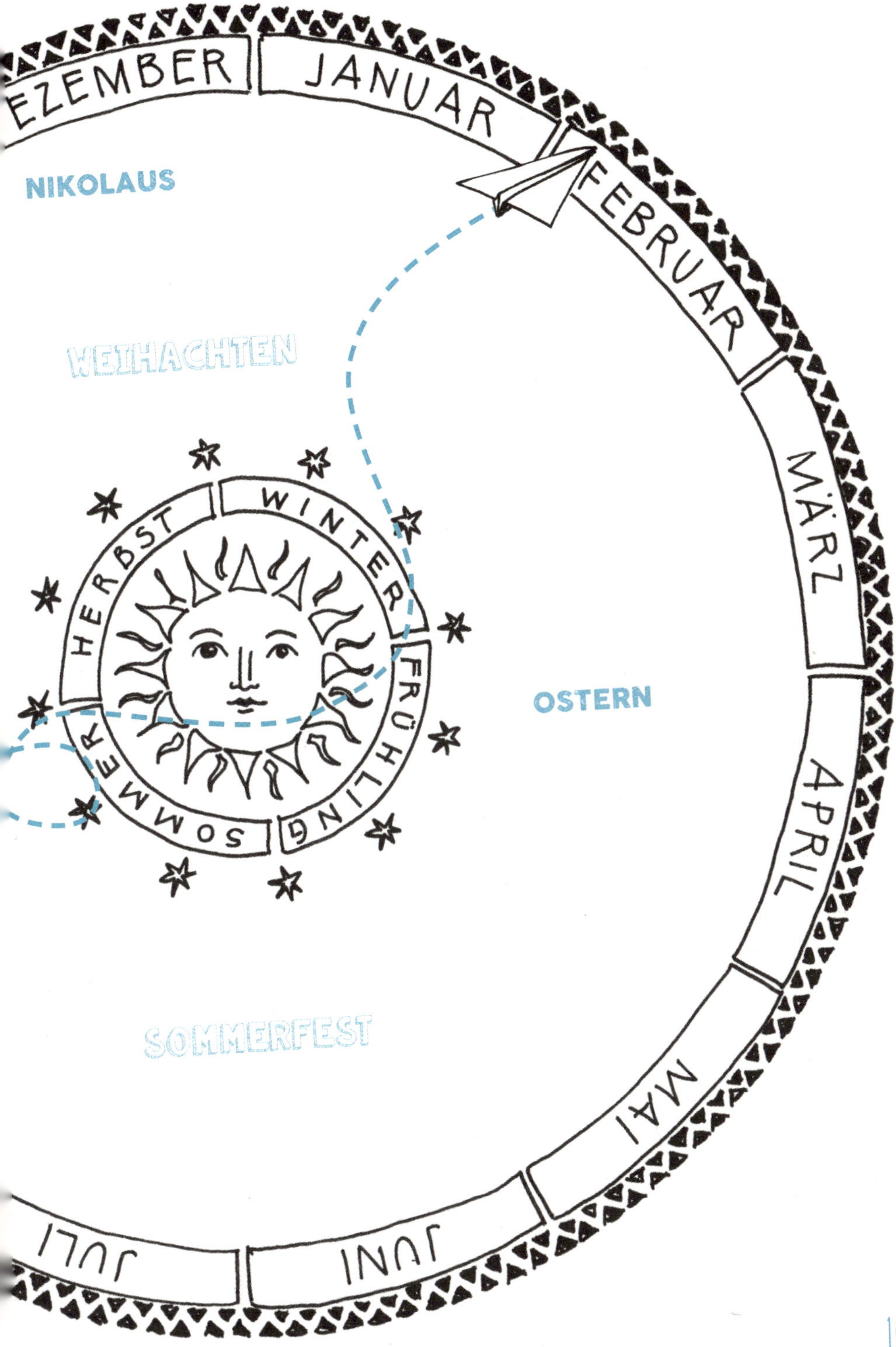
EZEMBER
JANUAR
FEBRUAR
MÄRZ
APRIL
MAI
JUNI
JULI
NIKOLAUS
WEIHACHTEN
OSTERN
SOMMERFEST
WINTER
FRÜHLING
SOMMER
HERBST

DIESE

Geschenke

möchte ich

GERNE

MAL BEKOMMEN:

… DU WILLST NOCH MEHR INPUT FÜR DEINEN RAKETEN-FLUG?

Speichere folgende Songs in deine Playlist, sie helfen dir, das Wichtigste nicht aus den Augen zu verlieren: